U0069472

毛蟲怪

奇幻冒險旅程

第一部曲 遷徙

陳怡薰、皇吟 文／Joanna Hsu 圖

推薦序

《毛蟲怪奇幻冒險旅程》三部曲，此繪本小運用可愛的毛蟲來敘述地球環保問題，作者藉著六隻毛蟲做為冒險旅程的主角，主要描述環境帶給毛蟲的震撼和衝撞，讓孩童從小可以透過故事啟發環境與人類生活的重要性，並且珍惜大自然給予人類恩寵竟是如此的豐富，Garden Friends 工作室創作出每一作品的信念及方向，期盼帶給讀者們藉由這三部曲故事中，毛蟲不畏艱難環境，鼓勵撫慰憂傷心靈，還有許多正在奮鬥的大家，再次擁有信心、勇氣、再次找回力量及希望。

在多年好友皇吟，也曾於馬偕任職護理師的邀請下，能夠分享此書真的倍感榮幸，期待《毛蟲怪奇幻冒險旅程》第二、三部曲能再次帶領讀者們一起冒險。

馬偕紀念醫院關懷師劉慧月

目錄

前言

這幾年因新冠病毒及大自然氣候變遷，全人類都得面對著許多未知的害怕及恐懼，如果我們能靜下心來閱讀文字，並且透過美好畫作的引導來抒發一些內心的不安情緒，是否可以更專注於繪本中美好的構思？從每一幅畫作當中去感受不同的視野，毛蟲怪奇幻冒險旅程這三部曲期盼能啟發人們在面對許多難題時的思考模式，筆者想要用有趣詼諧的心情來應對，透過轉換不同角度去面對之餘更要以樂觀的思維來迎接生活中的喜樂！

第一章
用愛澆灌的花園

風和日麗的午後，海風徐徐地吹著，海面上波光粼粼。

毛蟲們安穩地居宿在風景優美、有一棵大樹遮蔭、有悠悠木製長廊的美好小屋下。熱愛園藝的老婦人，是這房子的精神支柱，她有著堅毅無比的個性特質，遇到大大小小的事，都能以巧手施展魔法，讓所遇之事轉換成燦爛且美輪美奐的夢境，她以童心打造了綠色樹屋，並在花園裡細心栽植各種花卉，用愛灌溉每一吋土壤，使花兒和綠葉皆能在愛裡茁壯。在不同時節，開了不同的花，點綴了這塊土地。她苦心澆灌、細心呵護的花園裡孕生了毛蟲寶寶，他們會經歷怎麼樣的生態變異呢？

讓我們跟著老婦人一起，
帶著毛蟲寶寶去冒險吧！！

毛毛蟲在愛的庭園裡居住、玩樂著，
一天過著一天。
幸福的日常，
讓毛毛蟲如同處在天堂般，自由自在。

9

毛蟲寶寶吃著山珍海味，每天不是吃，就是在海邊玩耍，沒有其他雜事可忙，令人羨煞不已！毛毛蟲天天享受，時時刻刻樂在其中，老婦人用愛的祕方及大自然美好的土壤滋養著這群毛毛蟲，傾出全力就是為了讓寶寶在無憂的環境下成長、茁壯。

毛蟲寶寶們各個長的胖嘟嘟，軟綿綿的身子總是不停地扭動著，實在太討喜了。

長年照顧這些孩子使老婦人日漸消瘦，但她甘之如飴、毫無怨言。
這群可愛的毛蟲寶寶有什麼魔力，能讓老婦人疼愛在心坎裡？

美麗的花園裡
有哪些毛蟲寶寶呢？

大力蟲

大力蟲喜愛運動，外表帥氣、自戀又自信，個性熱血講義氣，若是家中其他蟲蟲遇到危機，大力蟲馬上會挺身而出，傾盡全力幫忙毛蟲們。但早晨愛鍛練的大力蟲，總是發出一堆噪音，吵得其他毛蟲無法安睡，除了愛睏蟲，牠太愛睏了，這些噪音總是吵不醒牠。

嘮叨蟲

碎碎唸、愛使喚別的毛蟲，相
當有主見，做事細心。嘮叨蟲
會有點像強迫症一樣，把自己
的屋子理的整整齊齊，愛讀的
書一定要從小本排列到大本，T
恤也一定要條理地照著顏色從
白、灰排到黑色，做事極有規
律，唯一讓人受不了的，就是
嘮叨、愛雜唸的壞習慣。但不
愛計較、樂於助人，像大姐姐
一樣的個性，也讓牠得到好人
緣。(右圖左)

跟屁蟲

最愛撒嬌，生性害羞、容易臉紅，內心常常感到不安，所以總是喜歡跟著哥哥姐姐。遇到事情總依賴著哥哥姐姐，沒有自己的主見，有時他們被問煩了，也會叨唸牠幾句，但牠仍會露出溫和的眼神求救，最大的特色就是緊張時臉紅紅的表情，讓人超想親一口。(上圖右)

啃書蟲

熱愛閱讀的啃書蟲，屋內全是琳瑯滿目的書，他總是戴著圓框眼睛，用心專注地探索書中世界的每一個謎題與知識。每次讀完書，就會坐在屋外的大樹平台上，閉上眼睛冥想。冥想時，太陽會接收啃書蟲吸收知識而轉換的能量，讓啃書蟲屋外的大樹成長茁壯。某一天雨後，大樹的周圍居然冒出了一棵小樹芽，而這棵小樹芽也跟著吸收太陽和文字能量而長高呢！

頑皮蟲

個性活潑外向，喜歡捉弄別人、玩刺激的遊戲，鞦
韆總喜歡盪得超高，不夠刺激的，牠還不想玩呢！
還喜歡在日落前，爬到樹頂上看美麗的夕陽，享受
唯一的獨處時光，讓大家暫時都找不到牠。
頑皮蟲特別喜歡吃果凍，更喜歡泡冷水澡，偶爾還
會在泡澡時，用沐浴泡泡來捉弄兄弟姐妹呢！

愛睏蟲

隨時隨地都能睡，隨時隨地都在打瞌睡，個性迷糊、記性不好，常常遺失物品也毫不在意。性情直率、心地善良很討人喜愛，算是毛蟲家族裡的療癒蟲體。

每隻毛蟲都有他們獨特的個性與癖好。五彩繽紛的
香菇小屋裡，究竟藏著什麼樣的寶藏？我們僅能用
放大鏡，近距離偷偷欣賞呦！噓！小小聲～

別驚擾到牠們啊！

大力蟲見到我們，舉起啞鈴大聲說：
「嗨！歡迎參觀！」
真是可愛極了！

跟屁蟲的屋內，布滿布丁造型的圖案喔，因為牠最
喜愛的甜點就是布丁啦！不只是對甜點布丁狂熱，
跟屁蟲使用的杯子啊，刀又餐具啊，
有布丁圖案就買布丁圖案的，
還把屋內的牆面都彩繪上
布丁的圖騰呢！
可說是真正的
布丁控毛蟲呢！

跟你們說喔～頑皮蟲屋內的小植物都會生出五彩繽紛的糖果，而這些糖果，頑皮蟲也會和大哥哥、大姐姐們一起分享喔！像是從床頭燈角落、樓梯走道上的小植物長出的五彩糖果，都讓屋內更加光彩炫目呢！

第二章

突如其來的意外

某日，天空烏雲密佈，風雨如同海嘯般拍打並啃咬著庭園，樹屋內，蠟燭微弱的火光隨著外頭的狂暴風雨輕輕律動著。嘮叨蟲靜靜地看著窗外，內心揚起不安的情緒，滿臉憂懼。

此刻，屋內坐著一副乾枯瘦弱的身軀，她嘴裡掛著微笑，雙眼彷彿映著地球上最美麗的地平線，只是……過去美好的光景就快消失……
老婦人身體向來硬朗，昨日她依然帶著慈祥的笑容，但誰也沒想到，心肌梗塞會如同窗外的暴風雨般突發，並奪走老婦人的生命！

望著窗外的自己，嘮叨蟲早已分辨不出窗上映照的，是自己的淚水還是窗戶的雨滴。

「不行！我一定要振作！」嘮叨蟲拍了拍臉頰，對自己說道。

對於毛毛蟲這樣弱小的生物來說，看似美麗的森林，其實是個戰場。毛毛蟲的天敵無數，有時一個小小的午睡片刻或一個閃神，就可能會成為蜘蛛的午餐。

昔日，老婦人的存在就等同毛蟲們的避風港，老婦的悉心照料給予毛蟲們十足的安全感。突如其來的意外讓毛蟲們失去老婦人，這讓他們的生活和心靈受到巨大的打擊……

「夠了！不要再哭了！」嘮叨蟲鏗鏘有力地吼著。
突然間，空氣凝結，大家忍住悲傷，望著嘮叨蟲。
嘮叨蟲嘆了一口氣……
「想想老婦人當初是怎麼愛護我們的？她會希望看到我們這個樣子？」
「沒錯！我們不能再哭了！」大力蟲附和道。

於是大家懷抱著與老婦人的種種美好回憶，下定決心要好好振作。

在殘酷的暴風雨夜中，原本被悲傷籠罩的樹屋內，頓時充滿了歡樂的笑聲。縱使這笑聲依然帶著淚水，但至少淚水是溫暖的。

雖然時光荏苒，大家心裡仍舊思念著婦人。
起床後想到以前婦人整理庭園的背影，又會難過起來。

大力蟲首先發號施令：「Ｈｅｌｌｏ！大家都振作起來，把屋內屋外都整頓一下！」大力蟲取下了部分樹葉，幫大伙做了公共區域的桌子和椅子，讓舊的環境耳目一新。啃書蟲看大力蟲提起滿滿的元氣整頓家園，也拿出久違的書來曬太陽。這幾天一直沉浸在不好的情緒中，那些書都快發霉了！啃書蟲除了曬書，還把樓梯上上下下、各式各樣的書籍排擺整齊，將空間打掃得一塵不染。啃書蟲打掃完後，推開木製的窗戶往外看，深呼吸，然後端坐享受著剛泡好的熱可可，並選一本書來犒賞自己。對牠來說，靜靜地在屋內看書，就是最怡人的時刻！

太陽出來了，嘮叨蟲叮嚀每個毛蟲要幫忙洗金龜車，因為這台金龜車是婦人的愛車。第一週就由嘮叨蟲和跟屁蟲來洗車，嘮叨蟲呼喊了好久，愛睏蟲才慢慢打開牠的小門，伸個懶腰！

愛睏蟲問：「是誰在叫我啊？」
嘮叨蟲說：「太陽都曬到屁股了，你還不出來活動活動？我和跟屁蟲忙著洗車，請你也過來幫忙喔！」
愛睏蟲摸摸頭說：「我睡了一整天嗎？難怪肚子咕嚕咕嚕叫，可以讓我先吃早餐嗎？吃完早餐我才有體力可以活動啊！」
嘮叨蟲說：「真受不了你！嘟著嘴嚷嚷著。」

此時的頑皮蟲，漫不經心地在外面玩耍，彷彿整個庭園都是他的遊樂場，牠滑著滑板到處參觀其他毛蟲的香菇小屋，一下子滑到東，一下子滑到西，完全沒有要打掃屋子的意思，誰叫頑皮蟲身上充滿自由的靈魂，使他在美麗的森林中樂不思蜀啊！

屋漏偏逢連夜雨，原來的這塊土地有了新的主人，這個消息打散了大伙好不容易重振的心情。剛整理好的天堂香菇屋面對巨大的鏟車來襲，大伙聽見大鏟車發出轟隆隆的聲響，工人從早晨就開始開挖，準備鏟平這塊土地……

頓時毛蟲們的心都碎了，無奈只好背著僅有的家當，看著來不及告別金龜車及樹屋，憂愁地想著：「不知該何去何從？」逃難似地，被迫離開這片哺育牠們的家鄉。

第三章

落葉知秋的旅程

毛蟲們拖著又重又疲累的身軀逃離家園，大力蟲帶
頭，要大家都跟上！嘮叨蟲心中極為難受，但還是
得壓抑自己的情緒，對著啃書蟲、頑皮蟲、愛睏蟲
和跟屁蟲說：「大家不要怕！好好跟著大力蟲，找
到合適的地方就可以休息！」大家又睏又累，可是
都不敢吭聲，一方面是因為太突然的遷離，一方面
是想著慈愛的老婦人好不容易建造的庭園就這樣被
鏟車毀了，再也回不去了！

跟屁蟲哭的稀哩嘩啦，愛睏蟲再也沒心情偷睡，一
邊安慰著跟屁蟲，一邊忍耐飢餓，肚子咕嚕咕嚕
叫！

天色漸昏暗，每隻毛蟲拖著疲憊的步伐再也走不
動，啃書蟲翻開魔幻書中的地圖，為大家找尋安全
的地方，準備入夜紮營，讓大家好好休息一下！

啃書蟲的魔幻書發揮了很好的作用，牠們找到一處有大樹遮蔽的場所，大伙累得採了附近的水果和嫩葉分著食用，啃書蟲從背包裡拿出一個法寶：「發光小香菇」。這是以前住的香菇小屋裡長的小種子，啃書蟲一直帶在身邊，只要唸出咒語，發光小香菇就會像檯燈一樣發光，為大伙帶來夜間照明和溫暖的力量。

嘮叨蟲協助大家用葉子簡單地紮營後，默默地走到山坡邊偷偷哭泣，雖然平常嘮叨蟲散發著一種大姐姐的風範，但看到大家被迫離開心愛的庭園和熟悉的住所時，還是忍不住在月光下獨泣。過了許久，心情仍無法平靜。

這時跟屁蟲發現嘮叨蟲不見了，於是呼叫著：「姐姐～姐姐你在哪裡？」嘮叨蟲聽見跟屁蟲的呼叫，馬上收起眼淚，用那顫抖的哭泣聲回答：「我在這！」

跟屁蟲來到山邊找到嘮叨蟲：「姐姐你今天可以陪我睡嗎？其他毛蟲都累得睡著了，我沒看到你好害怕啊！」

嘮叨蟲安慰著跟屁蟲：「沒問題，明天還要趕路，我今天陪你睡，你別怕。」
有了嘮叨蟲的安慰，跟屁蟲安心的窩在嘮叨蟲身邊睡著了。
月光高高掛，看著跟屁蟲的臉，還有周遭毛蟲們此起彼落發出的打呼聲，嘮叨蟲發現跟屁蟲身上居然長出不明的白色斑點，好像是一種寄生菌，但嘮叨蟲不敵疲憊，還沒處理就累得睡著了。

夜靜時分，月光在樹叢區溫暖撫慰著大家，讓大家安眠一宿。

秋天的靜夜散發一種微妙的氛圍，
葉子在空氣裡悄悄地變了色，
夜空與月亮呈現著層次豐富的色澤，
讓毛蟲們做著不同的夢。

毛蟲們半夢半醒著，黑夜中，
有雙奇幻的眼睛
正專注地望著這群毛蟲們。

這雙眼睛，
就是渡邊白蠟蟬的眼睛。

牠在空中飛舞著，俯瞰這群毛蟲們不同
的睡姿，毛蟲們累癱了，渡邊白蠟蟬看
著牠們可愛的睡法，居然笑了出來。

這時頑皮蟲被笑聲吵醒：
「你是誰？」

渡邊白蠟蟬被頑皮蟲的聲音嚇到，直接
飛進樹叢裡躲著，等待天亮。
頑皮蟲以為自己在做夢，觀察周圍的環
境，什麼聲音都沒有啊！於是再次倒頭
就睡！

第四章
土壤魔怪現身

次日早晨，毛蟲們紛紛被初秋溫和的陽光喚醒，有一種特別的聲音在附近傳繞，原來是渡邊白蠟蟬再次出現了，牠們向毛蟲們自我介紹後，毛蟲們非常開心能在異地認識一群白蠟蟬新朋友，其中有隻特別熱心的蟬蟲：「這裡相當危險，不可久留。」毛蟲覺得奇怪，啃書蟲問：「為什麼呢？」

蟬蟲帶著嚴肅表情，語重心長地說：「你們剛到此地不知此處的險惡，若你們跟著我、信任我的話，一定可以很快找到安全的地方定居。」
不愛說話的愛睏蟲露出喜悅的表情接著說：
「真的好感謝啊！」

一群蟲兒們浩浩蕩蕩地跟著渡邊白蠟蟬走著，幾經翻山越嶺，再經過幾輪的小歇休息後，體力再度恢復，邁開步伐快步走著。愛睏蟲和跟屁蟲雖然累得眼皮都快閉上了，但也不敢出聲說要睡覺，跟著大伙努力行走，大伙走了約 10 公里後，突然間，牠們

聽到土壤裡，發出一陣陣土地崩裂的怪異聲響，這時大家被突如其來的聲音嚇到無法動彈。一陣天搖地晃，像是有什麼東西從土裡竄出，讓牠們都飛跌到不同的地方。等大伙回過神來，才發現，地底下冒出了一隻臉部相當可怕又噁心的土壤魔怪，白蠟蟬緊張又發抖地盯著這隻魔怪大喊：「糟糕了！是尖牙獵食怪！」

嘮叨蟲及跟屁蟲以往動作都慢吞吞的，沒想到急難時這兩隻毛蟲拼出了奧運水準，以迅雷不及掩耳的速度往草叢裡躲。緊張的氣氛讓毛蟲的汗水流到了眉毛上，心都揪成了一團。
此時，尖牙獵食怪朝向大力蟲露出猙獰的面貌，口中流散出的黃色黏液，一顆顆牙齒像巨大嘴巴裡閃亮的刀刃，輕而易舉地捉起大力蟲：「哈哈哈，這胖胖肥嫩的毛蟲真是一頓豐盛的午餐啊，我要馬上吃掉你！」

情況十分危急，正當尖牙獵食怪張開血盆大口，把大力蟲往高處一丟，像吃花生米一樣輕鬆，即將吞食大力蟲時，說時遲那時快，頑皮蟲駕著滑板車，奮力的往尖牙獵食怪身上滑去。

頑皮蟲大聲尖叫著：「滾開！放開大力蟲！！」勇敢地朝著尖牙獵食怪的下巴用力一撞。尖牙獵食怪被頑皮蟲撞得身體縮成一團，臉部朝下，發出哀嚎聲，唉呀呀呀呀叫著！

但是尖牙獵食怪也不是省油的燈，不一會兒，便趁大力蟲和頑皮蟲不注意時，從口中噴出毒氣，吐向牠們倆個。頑皮蟲乘著滑板車再次衝向尖牙獵食怪進行攻擊，噗滋的一聲，往牠的大嘴撞。
尖牙獵食怪：「唉喲，可惡的小毛蟲仔居然這麼厲害。」
顯然這隻尖牙獵食怪沒想像中厲害。

躲在一旁的啃書蟲翻著歷代祖先留下的怪獸經典魔卡，一張一張記載著每隻未變種、變種中、變種後的怪獸寶典，啃書蟲冷靜高聲大喊：「我找到了！大家戴起口罩！口罩可以防止尖牙獵食怪的毒氣侵蝕！」

啃書蟲的即時救援，讓大力蟲和頑皮蟲避開尖牙獵
食獸的毒氣攻擊，還好頑皮蟲反應能力佳、溜得
快，只有滑板車尾部稍受損毀而已。

逃過一劫的大力蟲，呼了一口氣：「好驚險！」接
著牠唸了幾句魔咒後，手中的啞鈴變得像舉重槓
鈴，兩顆滾輪瞬間如鋼鐵般堅實。

啃書蟲補充說道：「朝牠的耳朵攻擊，耳朵是牠的
弱點。」

大力蟲聽取啃書蟲建議，馬上舉起鋼鐵槓鈴，往尖牙獵食獸的耳部重重一擊。獵食獸的兩耳噴出汙垢，滿臉黑釉血，瞬然昏眩在地，但這樣的攻擊仍無法消滅牠。

此時愛睏蟲感到身體一陣癢，原來是剛躲在草叢時，被不知名的蟲啃咬脖子、手臂和腿，全身無一倖免。

愛睏蟲看著尖牙獵食獸受傷，忍耐著奇癢，裝鎮定的清了清喉嚨：「好了，借過一下。」搖晃著身子，爬到啃書蟲邊說：「牠應該無力再攻擊了，我們快走吧。」趕緊對著白蠟蟬吆喝：「可以再出發了。」

看著伏地不起的尖牙獵食獸，大家的心情從緊張轉變為輕鬆，小小毛蟲可以打敗了一個怪獸，也是一種成就感。

✦怪獸寶典卡◇

【尖牙獵食獸】

　　未變種 30

　　攻擊力 30

　　防禦力 30

　　法寶：毒氣

　　弱點：耳部

　　主力：獵食

　　非打鬥高手

第五章

勝利響起

此刻天空來了一群新朋友，原來是白蠟蟬們嗡嗡嗚嗚地飛來，圍繞在尖牙獵食獸的耳邊，發出魔幻的聲音，就像優美旋律的交響樂曲，如夢如幻地演奏著，毛蟲們也隨著音樂，搖擺著身軀。

跟屁蟲搖擺著身體說：

「好久沒聽到如此美妙的音樂！」

虛弱的尖牙獵食怪聽到這些魔音忍無可忍，摀住兩耳叫：「安靜！我快受不了，快停止！」最終不敵白蠟蟬的核心攻擊，傷痕累累的尖牙獵食獸，一溜煙地躲回土壤裡，場面才終於安靜下來。

目睹了這場可怕的戰鬥，著實讓毛蟲們內心感到讚嘆。啃書蟲、大力蟲、嘮叨蟲趕緊向蟬兒們說：「真的太感謝你們的救命之音，還好有你們的聲音讓尖牙獵食獸遁逃，不然大家不知道還要再戰鬥多久。」

跟屁蟲和愛睏蟲心情難以平復，
身體仍舊顫抖不已……

頑皮蟲：「下回再讓我遇見可惡的尖牙獵食獸，
　　　　一定不會再讓牠輕易逃走。」
那神氣的臉龐，真是可愛又可笑。

大伙聽頑皮蟲沾沾自喜地說著自己的戰績，看著牠
滑稽的表情，不由自主地哈哈大笑。愛睏蟲雙手插
腰，表現如女王似的，帶著驕傲語氣說：「我也是
大功臣呢！魔音攻擊是我突發奇想的！」

為勝利喝采！

白蠟蟬繼續帶領毛蟲們引吭高歌，
前往安全處邁進。
旅程行進間，大家說說笑笑，
漸漸忘卻了內心的恐懼害怕、血腥的打鬥場面。

不過跟屁蟲仍保持警覺，用偵探眼觀察了四周，確
認接下來的路程是安全的，才讓大伙繼續往前走。
美麗的夕陽西下，染紅了天邊，入秋的季節雖不像
夏天處處有茂盛的綠樹，但秋天涼爽氣息，讓植物
落下一顆顆橄欖狀的金黃小球，遍地楓紅幫大地繪
上了不同的姿彩。

頑皮蟲跳上金黃小球，雙腳敏捷的滾動球體，大伙帶著輕鬆的心情邊走邊看著他表演。當毛蟲們走到溪畔，溪水傳來曼妙的潺潺流水聲，在如詩如畫的旅途風景中，蝸牛背著厚殼，慢條斯理地與大伙打招呼，也有蚱蜢手舞足蹈地跳著歡迎舞，開心地迎接新客人到來。

渡邊白蠟蟬帶著毛蟲們往樹洞出口的方向移動，遠離怪物。沒想到一出洞口後，映入眼簾的是南瓜奇幻村，壯闊的美景讓毛蟲們讚嘆不已：「哇嗚！」每隻毛蟲都張開嘴巴、瞪大雙眼，心中雀躍不已想著：「世界上竟會有如此美麗的小村莊！」

此時，一群粉色鳥突然紛飛到眼前，身上戴有金粉相間的長羽毛，這就是啃書蟲以前在書上找不到的鳥類，牠們眨著一雙比彈珠還大、特有的藍眼睛，對新客人表示歡迎。

【思考時間】
大家在生活中面對壓力或遇到困難時，往往因為太過緊張，而忘了有更簡單的方法可以解決問題，所以保持冷靜是很重要的！

第六章

南瓜奇幻村

毛蟲們一踏入南瓜奇幻村的土地上，就發現腳下鋪
滿了紫色紅色黃色點綴的小花，還有一條像藍寶石
的步道，閃亮發光。循著步道婉延向上，會發現橘
黃色的南瓜屋，一間間向下延伸、排列著。除此之
外，村莊的中庭還有一座令人耳目一新的噴水池，
不定時噴發七彩繽紛的泉水，燦爛奪目。此刻的毛
蟲們差點忘了自己是誰，興奮地跳躍著。

往遠處眺望，有一片綠油油的草原，還有一條如粒
粒紅柿串連般的商街，包含著服飾店、彩繪店、動
物醫院、香草店、藥房……等各種店舖。此時嘮叨
蟲才突然想起跟屁蟲身上的小斑點說：

「感謝上天幫我們預備好的一切！」

商店街的另一邊，有座相當壯觀的拱橋，有如透明
水晶連接著另一片草原，看似有許多密密麻麻的小
動物及昆蟲們在葉叢中玩耍，因為實在太遠，只能

看見較顯眼的南瓜屋，每棟小屋前都掛著塗有奇妙顏色的旗子。雖然無法仔細瀏覽，但可以隱隱約約感覺到，似乎有從未見過的動物昆蟲們，這也讓毛蟲們內心有股不安的思緒。

正當毛蟲陶醉在如夢如幻的景色時，有隻臉上有彩繪、身穿五彩編織小背心的生物，噗咚噗咚地跳來到毛蟲們的面前，以十分宏亮地聲嗓說：「歡迎大家來到奇幻村，我是畢卡索球盾蝽。」
頑皮蟲趕緊回應：「謝謝你的熱情！
　　　　　　　　你們這兒真是棒極了！」

大伙聽到頑皮蟲發聲後，也紛紛向球盾蝽打招呼，並介紹著自己。「此起彼落的，還真是吵雜。」白蠟蟬心想，便趁著這陣騷動，一溜煙地飛往棲樹，休息去了。

畢卡索球盾蝽吶喊著：

「我帶你們去逛逛街！」

便用那鉛筆似的長腿，快步爬到前頭引領大家，時而爬行時而跳走，嘴裡咕咕嚕嚕地講個不停，毛蟲們聽也聽不懂，就跟著隊伍，來到了紅柿商街。

嘮叨蟲在商街上發現一間擺滿各種花草、樹葉的藥房，原來……細心的球盾蝽看到了跟屁蟲身上長滿了菌班，便請店員蟲調配藥草，然後又加點泉水攪和，再敷上傷口，接著用麻布包紮起來。跟屁蟲感激地說：「好涼爽好舒服，一點都不痛了。」

接著，球盾蝽熱情地帶毛蟲們來到一家特別的彩繪店，裡面擺放各式各樣的玻璃瓶，裝著繽紛的顏彩，天空藍、薰衣草紫、洋甘菊黃與透白、琉璃湛藍、金蓮黃、玫瑰粉、鼠尾草紅……等，五顏六色的顏彩在玻璃瓶裡透出夢幻美麗的色澤！

球盾蝽介紹著：「很奇妙吧！這些都是我們辛苦將
花粉釀成的繪畫原料，你們可以畫在身上或臉上。」

毛蟲們聽了開心地手舞足蹈，看著這些顏料，選好
自己心中喜愛的顏色，立刻化身為小畫家，開始幫
對方塗鴉起來。愛睏蟲還愛美地對著頑皮蟲說：
「可以在我的額頭上畫一顆小星星嗎？？」
頑皮蟲：「當然沒問題啊！」

大家都愉快而忙碌地輪流在彼此身上和臉上做藝術
創作呢！

過沒多久，毛蟲們身上便充滿了各式各樣的圖樣及
色彩，大家都充份發揮了美術天分，那啃書蟲呢？
牠發現附近有間香草屋，就自個兒跑去喝下午茶。

香草店的隔壁是一家服飾店，只要是愛美女士們一
定會愛不釋手。服飾店內的裝潢有如小皇宮般華麗
而寬敞，由各色各樣的小水晶組合的地板，折射出
亮彩的光芒，像是在對每位進門的小公主說：

「歡迎蒞臨！」

41

店內擺放著許多寶石、貝殼環鏈、珍珠鑲金皇冠、色彩鮮艷的圍裙和奢華的小物，除此之外，還有用羽毛與花朵編製而成的帽子及手袋、刻上玫瑰的華麗木鞋，深綠色的鞋身繪有黃色及紅色的玫瑰花，琳瑯滿目的商品讓大家都嚇壞了，望著這些的鞋子，毛蟲帶著苦笑的表情說：「我們得要穿上好幾雙鞋。」

球盾蟥身上的五彩編織背心也是出自於此，除了編織產品，這裡還有蓬鬆的泡泡袖蕾絲上衣、緊身小馬甲、寬擺長裙，上頭都鑲有耀眼的天然珍珠，華麗的不得了。

嘮叨蟲及愛睏蟲見到如此鮮麗的服飾與配件，掩不住興奮，雙眼睜亮起來，不約而同地說：「我們去試穿吧！！」經過幾小時後，天色已晚，商店街燈火漸熄，大家走出店面時都煥然一新，大方的展示身上、臉上和手上滿滿的戰利品。
球盾蟥：「我帶你們去南瓜屋休息吧，明天還有很多精彩的事物等待著大家呢！」說話的同時不停的打哈欠，滿臉倦容，用手摀著嘴，眼皮抵抗著睡意，累得希望能倒頭就睡呢。

大伙到南瓜屋後，在各處休息，
大力蟲和愛睏蟲一下子就熟睡打呼了。
頑皮蟲、跟屁蟲及啃書蟲則是聰明地選擇睡在月光
撒落的窗邊。
嘮叨蟲望著窗外的夜空，想起慈愛的婦人和過去那
些美好的回憶，不禁潸然淚下，哭著哭著，也疲倦
地睡著了。

屋外的貓頭鷹發出微微的嗚咽聲，南瓜奇幻村裡的
夜行性動物出沒了。夜晚一到，貓頭鷹便專心潛伏
在樹叢中，準備獵捕動物。沿著南瓜屋前側的一條
小溪，會發現水精靈正在做月光浴呢！

南瓜奇幻村裡，動物各自在生活領域裡喃喃細語。
水不停的迴旋轉動，奇妙地在池中形成一個美麗的
宇宙漩渦，將落葉和幼嫩的葉芽一同捲入水流，這
美不勝收的畫面讓南瓜奇幻村的夜再增姿彩。

第七章
營火迎新

次日起床後，大家來到草皮區玩耍，毛蟲們在那認識了蝗蟲和小八星虎甲蟲，大家都對毛蟲們的到訪感到開心。

小八星熱情地說：

「歡迎大家！一起來玩曲棍球吧！」

蟲兒們玩得樂不思蜀、汗流浹背，打完球，便坐在一起休息談天。

小八星與球盾蟒說：「為了歡迎各位毛蟲們，晚上我們就為大家舉行迎新晚會，大家願意來參加嗎？」

毛蟲們聽了受寵若驚地說：「真的好幸福喔！來到南瓜奇幻村和大草原讓我們的生活變得多采多姿，你們真的好熱情啊！」

晚上，大家手牽手圍成一個大圈圈，唱著歡迎歌，
吃著小八星和蝗蟲朋友們熱情準備的點心，喝著迎
新雞尾酒和果汁。燦爛的煙火讓整片天空都亮起
來，毛蟲們望著空中的五彩煙花，歡唱到半夜。

玩樂後累得倒睡在一團，
毛蟲們則在夜裡

　　　緩緩蛻變、緩緩成長……

這陣子吃的太營養，
毛蟲們身體開始出現了變化……

跟屁蟲：「我的身體好像在蛻皮耶！怪怪的。」
啃書蟲：「別怕，這是我們毛蟲開始要

吐蠶絲、結成『繭』。

過程中會蛻皮很多次，
這代表我們正在長大！」
頑皮蟲：「我也是耶！我的身體也開始蛻皮了，
本來很癢的那一塊脫落了。」

次日起床，大伙都感受自己身體上微妙的變化。

啃書蟲邊吃早餐邊說：「我們毛蟲啊，就是這麼奇
妙，除了蛻皮也要有變色的心理準備喔！」
頑皮蟲聽著學識豐富的啃書蟲詳細的講解後說：
「那我就安心多了。」
跟屁蟲也：「是啊！我還以為大家都生病了，怎麼
連外皮都蛻去，嚇死寶寶了！」

第八章

蛻變

日復一日，毛蟲們天天在奇幻村吃香喝辣，各個吸收充足的營養、活力充沛，似乎有一兩隻蟲兒開始提前部署，早已適應每天蛻一些些皮。蛻皮絲毫不影響毛蟲的玩樂興致，毛蟲們依舊每天睡到自然醒，起床後就開始健身、運動、採果實、逛街。偶爾有空，還會造訪鄰居們，一起享受下午茶、談天說地的悠閒時刻。

舉重是大力蟲的絕活，抓舉練到１２０公斤，抓舉狀態極佳，軟綿肌練成三角肌，令人刮目相看。
愛睏蟲不再貪睡，自行籌組了一個教動物、昆蟲們美姿美儀的團隊，有了愛睏蟲的教導，昆蟲們走起路來婀娜多姿、更是優雅。
嘮叨蟲和跟屁蟲忙著逛街、覓食，有時相約到溪水邊游泳，享受著閒暇有情趣的日子。

頑皮蟲則帶領其他球盾蝽玩著滑板車，
高超的控制技巧讓滑板車左右９０度快速的移動，
漂亮的來回滑動著。球盾蝽也勇敢地踏上滑板車，
左右左右來回、輕輕滑動說：
「這種玩意不會太難啊！」
頑皮蟲突然從球盾蝽後面猛然一推，
說：「表演個９０度大迴轉吧！」
說時遲那時快，球盾蝽立刻尖叫：「救命呀！」
瞬間跌了個翻筋斗，因為實在太緊張，
便忍不住放了一股超強力的臭屁——

「ㄅㄨˊ～」

全場被這屁聲嚇得哭笑不得！大伙不只掩鼻子還露
出嫌惡的表情。

一日風光明媚，南瓜奇幻村的檬村長邀請了珍禽異
獸來到大廳，這時毛蟲們已蛻皮順利，裹著蛹來大
廳集合。

大家以為是一般的聚會，
沒想到⋯⋯

檬村長愁容滿面地說：「前方100公里處有一大
團黑影正朝著奇幻村前來，我猜想會發生一場暴風
雨，不過大家不必太害怕，以前我們有遇過，這是
家常便飯。只要我們未雨綢繆、備好糧食就不必擔
心。希望大家抓緊時間把南瓜屋整修一番，會掉落
的危險物品都用麻繩綁緊，窗戶也都關緊，儲備多
點糧食和水，盡量待在安全處，避免到危險的地
方⋯⋯」

檬村長細心地再三叮嚀著，毛蟲們聽完村長的話，
便分工合力尋找樹叢裡的大葉子和備品，將許多乾
糧儲存好，準備同心渡過這場未知的暴風雨。

第九章
大自然的反撲

毛蟲們在南瓜屋避雨的同時，
完成了「蛹的變異」，
大自然的生物演變真是奧妙。

粉金鳥、蝗蟲和小八星虎甲蟲都聚在一起，找不到
毛蟲們的蹤影而顯得有點慌張，一直在屋外呼喊著
毛蟲們。嚙叨蟲聽到球盾蝽的呼喊連忙回應：「我
們躲在大樹的葉子內，正在變身中！請大家不必為
我們擔心，趕快躲到屋內，等暴風雨停了，我們再
一起遊玩。」球盾蝽聽完就安心多了。

這時天空順時烏雲密佈、雷電交加，面對這場突來
的暴雨閃電，躲在大樹葉裡的毛蟲們內心仍忐忑不
安。檬村長不畏風雨走到了啃書蟲藏躲的地方：
「希望對你們的未來有所幫助。」拿了一幅地圖文
卷給牠們後，便匆匆消失在黑霧茫茫的風雨之中。

第十章

洪水來襲

夜空刮起更強勁的風雨，眼見雨勢愈來愈大，水面的漩渦也愈捲愈大導致溪水爆漲，不到一小時光景，就將南瓜屋、商店街全淹沒，連接外部的拱橋也被沖斷了。無論大伙多害怕地飛叫、逃竄著，天空依然無情地畫出一道道可怕的閃電，雷聲轟隆作響，令人震懾。

此時，球盾蝽想起以前長老說過的傳說：
「在某個雷電交加的夜前，會有一群陌生蟲來訪，世界傳播的菌種會感染奇幻村，若遇到水流捲起恐怖的漩渦，正是傳說中的惡菌復活之日，大家不可以忘記祖先給的警語！」

天空再次劃下一道劇烈的閃電，
打破了天空的寧靜，
土石開始從高處崩塌滾動，
其中一顆巨石下滑，
擊中毛蟲們躲藏的那顆樹，
大樹霎時斷裂變形，
纏繞著樹枝的蛹也跟著落入溪中。
溪水暴漲來勢洶湧，大水猛獸吞沒了奇幻村，
也帶走了瘦弱的跟屁蟲……

大伙見到這情景，

嚇得說不出話來……

請期待第二部曲

很快與讀者們見面

後記

藝術創作是：
說下自己和別人的故事
寫下親身體悟的動人文章
畫下每一筆觸動心靈的畫作

起初《毛蟲怪奇幻冒險旅程》三部曲，完全是出於懷念母親，並由夢境所帶來的樹屋庭園景象；特別感謝紓壓畫室好友耀慶兄的協助，將自己夢境與構思的圖像藉由他精湛巧妙的畫功呈現，創造出現實中的童話庭園，又於 Garden 這六英文字母的創作靈感下，孕育了六隻可愛神奇的毛蟲怪主角。

創作之路萌芽初，在孤獨奇幻旅程中，認識了台南的文藝創作伙伴怡薰及台灣新興畫家 Joanna，巧妙地溝通後，集結三人的天賦力量，創作了美好的三部曲，藉由六隻毛蟲的蛻變過程、擺脫制式化，讓學習的同時能享受文字及繪圖的藝術性表現。期盼這串原創故事能啟發喜歡創作的您、獨特的藝術想像空間；希望大家勇於追夢，逐夢踏實。

Garden Friends 工作室逐夢紓情
創辦人 陳皇吟

國家圖書館出版品預行編目資料

毛蟲怪奇幻冒險旅程 第一部曲 遷徙／陳怡
薰、皇吟文；Joanna Hsu 圖. --初版.--臺中市：
白象文化事業有限公司，2021. 11
　　面；　公分
ISBN 978-626-7056-01-1（平裝）

863.596　　　　　　　　　　　110015944

毛蟲怪奇幻冒險旅程
第一部曲 遷徙

作　　　者　陳怡薰、皇吟
插　　　畫　Joanna Hsu
發 行 人　張輝潭
出版發行　白象文化事業有限公司
　　　　　　412台中市大里區科技路1號8樓之2（台中軟體園區）
　　　　　　出版專線：（04）2496-5995　　傳真：（04）2496-9901
　　　　　　401台中市東區和平街228巷44號（經銷部）
　　　　　　購書專線：（04）2220-8589　　傳真：（04）2220-8505
專案主編　陳婞婷
出版編印　林榮威、陳逸儒、黃麗穎、水邊、陳婞婷、李婕
設計創意　張禮南、何佳諠
經銷推廣　李莉吟、莊博亞、劉育姍、李如玉
經紀企劃　張輝潭、徐錦淳、廖書湘、黃姿虹
營運管理　林金郎、曾千熏
印　　　刷　基盛印刷工場
初版一刷　2021 年 11 月
定　　　價　380 元

缺頁或破損請寄回更換
版權歸作者所有，內容權責由作者自負

白象文化　印書小舖 PressStore　出版・經銷・宣傳・設計
www.ElephantWhite.com.tw　f 自費出版的領導者　購書 白象文化生活館